An Mac Tíre
nach raibh sásta siúl

Téacs le Orianne Lallemand
Léaráidí le Éléonore Thuillier

LEABHAR
BREAC

Tráthnóna amháin, d'fhill an mac tíre, Mactíre, abhaile agus é traochta tar éis dó a bheith ag spraoi sa choill. Bhí a rúitíní ata agus a chosa ag lúbadh faoi.

'Ní rachaidh mé amach ag siúl go deo arís,' ar seisean lena chairde. 'Tá sé i bhfad róthuirsiúil.'

Chonaic a chairde é agus gearranáil air. 'Tá an mac tíre seo fíoraisteach,' ar siad agus iad ag gáire faoi.

3

I **Mí Eanáir**, cheannaigh Mactíre rothar trastíre. Ba mhór an spórt é a bheith ag rothaíocht in aghaidh na gaoithe, ar na bóithre, agus trasna na bpáirceanna. Bhí sé ar buile nuair a cuireadh poll ar an roth. Ní raibh sé in ann é a dheisiú. 'Ar aon nós,' ar seisean, 'tá mé bréan den rothar céanna!'

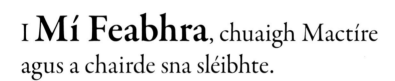

I **Mí Feabhra**, chuaigh Mactíre
agus a chairde sna sléibhte.

Ní túisce ann é ná chuir sé péire breá scíonna nua air féin,
agus síos leis ar an bhfána sciála.
'Níos moille, níos moille!' arsa Aindrias de bhéic.

Crann Mór

RÓDHÉANACH!

Ag bun an tsléibhe, bhuail Mactíre in aghaidh crann mór giúise. Bhí deireadh leis an spraoi: bhí a chos briste agus a smut gearrtha.

8

I **Mí an Mhárta**, thóg Mactíre carr beag deas ar cíos, agus thug sé cuairt ar a sheanaintín Máire-Treasa. Thit Máire-Treasa i ngrá leis an gcarr agus b'éigean do Mhactíre í a thiomáint timpeall ar feadh an lae.

Mac Tíre

Cloch na gCon

Nuair a d'fhill sé abhaile, bhí a
thóin tinn agus bhí a chosa righin.
'Agus maidir leis an gcarr,' ar sé,
'sin deireadh léi!'

11

I **Mí Aibreáin**, thug Mac Mór a ghluaisrothar ar iasacht do Mhactíre. Ach luigh an clogad anuas ar a chluasa agus bhí an seaicéad róthe dó.

Ó-Ó-Ó!

I **Mí Bealtaine**, thug a chara Lúlú péire iontach scátaí rothacha dó agus, lena chuid scileanna a thaispeáint, rinne sé iarracht casadh . . . agus thit sé i ndiaidh a mhullaigh!

I **Mí an Mheithimh**, tháinig sé ar phéire buataisí draíochta. Chuir sé air iad. Thug an chéad chéim é go dtí an taobh eile den fhoraois. Thug an dara céim é níos faide fós, go háit nach raibh sé ann riamh roimhe sin!

'Faoi dheireadh!' arsa an mac tíre go sásta, 'Tá an bealach taistil is fearr aimsithe agam!'

15

Dhúisigh an gháir a lig sé dhá arracht
agus thosaigh siad ag béiceach:
'Sin é a ghoid na buataisí! Béarfaimid air
agus íosfaimid é!'
Bhain Mactíre na buataisí de go sciobtha,
agus d'imigh sé de rith isteach sa choill.

18

I **Mí Iúil**, cheannaigh Mactíre ticéad traenach le dul ar an trá.

Faraor, d'ionsaigh na hIndiaigh an traein agus chaith sé an tsaoire ba mheasa dá shaol ann!

I **Mí Lúnasa** thóg Mactíre
tarracóir ar iasacht ó fheirmeoir.
Botún an-mhór a bhí ansin!

I **Mí Mheán Fómhair**, dúirt Mactíre go dtiomáinfeadh sé cóiste do bhanphrionsa a bhí gan chóisteoir. Bhí aiféala air! Agus bhí an t-ádh air nach ndearnadh píosa feola de nuair a rinneadh puimcín den chóiste ar uair an mheán oíche.

I **Mí Dheireadh Fómhair**, fuair Mactíre cuireadh chuig bainis a dheirféar Deictíre. Bhí sí ina cónaí i gCeanada, na mílte ciliméadar uaidh. 'Faoi dheireadh, gabhfaidh mé in eitleán,' arsa Mactíre go ríméadach.

Ba ar éigean a bhí an t-eitleán san aer nuair a d'eitil sí isteach i stoirm thoirní agus tintrí. D'éirigh sí agus d'ísligh sí agus dhírigh sí amach arís. Caitheadh na paisinéirí ó thaobh go taobh.

Toir-r-neach, **tintreach!**

Shíl na paisinéirí ar fad go raibh deireadh leo, agus ní dhéanfadh Mactíre dearmad ar a chéad eitilt riamh.

Chaith Mactíre cúpla lá
iontach i dteach a dheirféar.
Chuaigh sé ag iascach sna
haibhneacha, agus chuir
sé aithne ar chairde nua.

An Mac Mara

I **Mí na Samhna**, nuair ab éigean dó filleadh, shíl sé gur mhodh iontach taistil a bheadh sa bhád. Bheadh sé ar a shuaimhneas inti agus bheadh sé in ann a scíth a ligean. B'in é go díreach an rud a bhí uaidh!

Ach níor chuimhnigh sé ar thinneas farraige!
Cheap sé go gcuirfeadh an ghluaiseacht ba lú
san fharraige a chuid putóg amach.

Nuair a tháinig an bád i dtír faoi dheireadh, bhí
Mactíre bán san aghaidh agus cuma chráite air.
'Tá bád ceart go leor do mhairnéalaigh,' ar seisean
leis an gcaptaen.

Mí na Nollag a bhí ann agus bhí Mactíre ag siúl
go suaimhneach san fhoraois nuair a stop carr sleamhnáin
lena thaobh.
'A mhic tíre,' arsa guth ard, 'tá sé ag éirí deireanach, an bhfuil
marcaíocht uait?'

Bhreathnaigh Mactíre suas ar an bhfear mór agus dúirt sé:
'Go raibh míle maith agat, a Dhaidí na Nollag, ach is fearr liom
siúl. Tá mo dhá chos ar an talamh agam, agus is mar sin is fearr é!'

Eagarthóir Ginearálta: Gauthier Auzou
Eagarthóir Sraithe: Laura Levy
Dearadh: Annaïs Tassone
Déantús: Olivier Calvet
Aistriúchán: Séamas Ó Scolaí

© 2012, Éditions Auzou, Le loup qui ne voulait plus marcher
Aistriúchán Gaeilge © Leabhar Breac, 2017

ISBN 978 1 911363 31 6

Tugann COGG tacaíocht airgid do Leabhar Breac

An Chomhairle um Oideachas
Gaeltachta & Gaelscolaíochta

Leabhar Breac, Indreabhán, Co. na Gaillimhe
www.leabharbreac.com